हिन्द पॉकेट बुक्स

घर का भेदी, लंका ढावे

ये कहावतों की कहानियां हैं, यानी जो कहावतें हज़ारों सालों से रोज़मर्रा के जीवन में दूर–पास सब जगह बोली जाती हैं, उनमें से कुछ चुनी हुई कहावतें हैं, जिनके जन्म की सच्ची कहानियों को खोज कर बच्चों और किशोरों के लिए दिया गया है।

सही कहें, तो कहावतें आपकी बोल–चाल की भाषा को, आपके लेखन और भाषण को तथा वाद–विवाद प्रतियोगिता (डिबेट) को बेहद मज़बूत, रोचक और सुन्दर बना देती हैं। कहावतें शुरू से ही स्कूलों में पढ़ाई जाती हैं और अध्यापकों द्वारा वाक्य में प्रयोग करना भी सिखाया जाता है। आइए, पढ़ें इन कहावतों की कहानियों को और मनोरंजन के साथ ज्ञानवर्द्धन भी करें।

AF529392

बच्चों और किशोरों के लिए कहावतों की कहानियां

घर का भेदी, लंका ढावे

डॉ. प्रताप अनम

हिन्द पॉकेट बुक्स

पेंगुइन रैंडम हाउस इम्प्रिंट

हिन्द पॉकेट बुक्स

यूएसए | कनाडा | यूके | आयरलैंड | ऑस्ट्रेलिया | सिंगापुर
न्यू ज़ीलैंड | भारत | दक्षिण अफ्रीका | चीन

हिन्द पॉकेट बुक्स, पेंगुइन रैंडम हाउस ग्रुप ऑफ़ कम्पनीज़ का हिस्सा है,
जिसका पता global.penguinrandomhouse.com पर मिलेगा

पेंगुइन रैंडम हाउस इंडिया प्रा. लि.,
चौथी मंजिल, कैपिटल टावर -1, एम जी रोड,
गुड़गांव-122002, हरियाणा, भारत

पेंगुइन
रैंडम हाउस
इंडिया

प्रथम संस्करण हिन्द पॉकेट बुक्स द्वारा 2011 में प्रकाशित
यह संस्करण हिन्द पॉकेट बुक्स में पेंगुइन रैंडम हाउस द्वारा 2022 में प्रकाशित

10 9 8 7 6 5 4 3 2

इस पुस्तक में व्यक्त विचार लेखक के अपने हैं, जिनका यथासंभव तथ्यात्मक
सत्यापन किया गया है, और इस संबंध में प्रकाशक एवं सहयोगी
प्रकाशक किसी भी रूप में उत्तरदायी नहीं हैं।

ISBN 9789353491635

मुद्रकः रेप्रो इंडिया लिमिटेड

अनुक्रम

कहां राजा भोज, कहां गंगू तेली

उज्जयिनी का राजा भोज बहुत पराक्रमी और विद्वान था। वह हमेशा विद्वान और कलाविदों का आदर-सत्कार करता रहता था। इसीलिए उसके दरबार में कालिदास, भवभूति जैसे तमाम विद्वान पंडित मौजूद थे। इस बात का उसे बड़ा गर्व था कि उसके दरबार में ऐसे विद्वान हमेशा बने रहते हैं।

आए दिन भोज के दरबार में शास्त्रार्थ होते रहते थे। विद्वानों का सम्मान होता था। एक दिन उज्जयिनी में एक भट्टाचार्य आया। उसकी अनोखी वेशभूषा के कारण सभी लोग देखने के लिए इकट्ठे हो गए। भट्टाचार्य ने अपना शिष्य राजा भोज के दरबार में भेजा। उस शिष्य ने राजा भोज को बताया कि मेरे गुरु आपके विद्वानों से शास्त्रार्थ करना चाहते हैं। वे मारवाड़, गुजरात आदि के विद्वानों को हराते हुए चले आ रहे हैं।

राजा भोज ने उसके साथ अपना हरकारा भेजते हुए कहा, "जाओ, भट्टाचार्य जी को सम्मान के साथ लिवा लाओ और उनके ठहरने की व्यवस्था कर दो।" साथ ही अपने दरबार की पंडित-सभा को शास्त्रार्थ करने के लिए तैयार रहने के लिए भी कह दिया।

राजा भोज का दरबार लगा हुआ था। दरबार के सभी पंडित शास्त्रार्थ के लिए अपने-अपने आसन पर विराजमान थे। भट्टाचार्य के आने का इन्तज़ार किया जा रहा था। थोड़ी देर बार भट्टाचार्य ने अपने शिष्य के साथ प्रवेश किया।

भट्टाचार्य की वेशभूषा देखकर लोगों को आश्चर्य हुआ। कुछ लोगों के होंठों पर हंसी आ गई। भट्टाचार्य के सिर पर हाथी को वश में करने वाला अंकुश बंधा था। गले में कंठे जैसा आभूषण पहने था। पेट पर एक वस्त्र लपेटे था। मुंह में एक तिनका दबाए हुए था। उसके शिष्य के पास एक नसेनी (सीढ़ी) थी और एक हाथ में कुदाल था।

राजा भोज उठे और भट्टाचार्य को लेकर उनके आसन तक गए और फिर अपने सिंहासन पर वापस आ गए। शास्त्रार्थ आरम्भ हुआ। राजा भोज के सभी विद्वान एक-एक करके हार गए। सबको हराने के बाद भट्टाचार्य ने कहा, "राजन, आपकी नगरी में चार-पांच दिन रुका हूं। कोई और पंडित बचा हो, तो शास्त्रार्थ के लिए बुला सकते हैं।" इतना कहकर वह अपने शिष्य के साथ चला गया।

अपने पंडितों की हार के कारण राजा भोज को रात-भर नींद नहीं आई। सुबह जागे तो मन भारी-भारी था। सभी कामों से मन उचटा-उचटा

था। उस दिन राजा भोज दरबार नहीं गए। वह चित की शान्ति के लिए जंगल में घूमने के लिए अकेले ही चले गए।

राजा भोज जब जंगल से वापस आ रहे थे, उनकी नज़र एक तेली पर पड़ी। तेली घानी से तेल निकाल रहा था। भोज उसे कुछ क्षण खड़े-खड़े देखते रहे। भोज ने तेली के सुडौल शरीर और चेहरे पर तेज देखा। हालांकि तेली काना था, लेकिन कुल मिलाकर शानदार लग रहा था। कुछ बुद्धिमान जान पड़ा।

राजा भोज ने उसके पास जाकर पूछा, “तुम्हारा नाम क्या है?”

तेली खड़ा हो गया और प्रणाम करते हुए उत्तर दिया, “मेरा नाम गंगू है।” इतना कहकर वह भोज को देखता रह गया। मन में सोचा ज़रूर यह कोई राजा है।

गंगू की हालत देखते हुए भोज ने कहा, “घबराओ नहीं, मैं भोज हूं। मेरे साथ चलकर एक व्यक्ति से बात कर सकते हो?”

“आपकी आज्ञा कैसे टाल सकता हूं महाराज।” और तैयार होकर गंगू तेली राजा भोज के साथ चल दिया।

राजा भोज ने तेली को सब-कुछ समझा दिया था। उन्होंने कहा कि तुम अपने हिसाब से प्रश्नों के उत्तर देना। किसी प्रकार का संकोच न करना। राजा ने गंगू तेली के बारे में किसी को कुछ नहीं बताया। दूसरे दिन गंगू को अच्छे कपड़े और गहने पहनाकर एक जगह बैठा दिया गया। उधर भट्टाचार्य को पहले ही दरबार में बुलवा लिया गया था। जब दरबार में पंडित के रूप में गंगू तेली आया, तो राजा भोज सिंहासन

से उतरकर खड़े हो गए। राजा के देखा-देखी दरबार के सभी लोग खड़े हो गए। भोज ने गंगू को प्रणाम किया और ले जाकर भट्टाचार्य के पास शास्त्रार्थ स्थल पर बैठा दिया, फिर दरबार के सभी पंडितों और विद्वानों को गंगू के पीछे बैठा दिया, ताकि उसका मनोबल बना रहे।

शास्त्रार्थ आरम्भ हुआ। भट्टाचार्य ने पहले सिर से पैर तक गंगू को देखा। भट्टाचार्य ने सोचा कि आज हम पंडितों को अपनी मूक शैली का प्रदर्शन करके दिखाते हैं। यह सोचकर उसने बिना बोले ही गंगू की तरफ़ एक अंगुली उठाई। उसे क्रोध आ गया, लेकिन उसने तुरन्त क्रोध पर क़ाबू पा लिया। उसने सोचा कि इसने मुंह से कुछ नहीं कहा। अंगुली उठाकर इशारा किया कि तेरी एक बची आंख भी फोड़ दूंगा। मैं भी इसको इशारे से जवाब दूंगा। गंगू ने भट्टाचार्य की ओर दो अंगुलियां उठा दीं। दोनों अंगुलियां सामने करते हुए गंगू ने मन-ही-मन कहा कि तू मेरी एक आंख फोड़कर अन्धा करना चाहता है। मैं तेरी दोनों आंखें फोड़कर अन्धा बना दूंगा। यह देखकर भट्टाचार्य दंग रह गया। उसने सोचा कि मैंने तो कहा था कि जगत में एक ही शक्ति है 'शिव', लेकिन इसने दो अंगुलियां दिखाकर बताया कि 'शिव' के साथ 'शक्ति' भी है। इसलिए इसने दो अंगुलियां सही उठाई हैं।

अबकी बार भट्टाचार्य ने अपना खुला पंजा उसकी ओर बढ़ा दिया। गंगू का मुंह फिर क्रोध से तमतमा गया। उसने सोचा कि यह कह रहा है कि थप्पड़ मारूंगा। यह सोच गंगू ने भी बन्द मुट्ठी आगे बढ़ा दी और मन में कहा कि तू क्या समझता है? मैं थप्पड़ का जवाब घूंसे से दूंगा।

यह देखकर भट्टाचार्य के चेहरे पर हवाइयां उड़ने लगीं। भट्टाचार्य सोचने लगा कि मैंने तो कहा था कि पांच इन्द्रियां बहुत चंचल होती हैं। इन पर क़ाबू पाना मुश्किल है, लेकिन इसने बताया कि इन इन्द्रियों को संयम द्वारा जीता जा सकता है। यह विचार आते ही भट्टाचार्य ने ख़ुद को हारा हुआ समझ लिया।

उसी समय भट्टाचार्य ने अपने सिर पर बंधा हुआ अंकुश उतारकर फेंक दिया। पेट पर लिपटे हुए कपड़े को भी उसने अलग कर दिया। शिष्य से नसेनी लेकर टुकड़े-टुकड़े कर दिए। कुदाल को भी उसने फेंक दिया और तिनका तोड़-मरोड़कर नष्ट कर दिया। वह गंगू तेली के चरणों में गिर पड़ा और अपनी हार मान ली, फिर उठा और अपने शिष्य के साथ चला गया।

दरबार में ख़ुशी की लहर दौड़ गई। राजा भोज उठा और गंगू को अपनी बांहों में भर लिया। इतना ही नहीं। राजा भोज ने गंगू को अपने बराबर सिंहासन पर बैठाया। राजा भोज की पंडित-सभा ने भी गूंग को बहुत सम्मान दिया।

राजा भोज ने गंगू तेली को अपने दरबार में हमेशा के लिए जगह दे दी। कुछ दिन बाद राजा भोज को पता चला कि गंगू तेली की बुद्धि बहुत तेज़ है। वह आए दिन राज-काज में गंगू तेली की राय लेने लगा। बाद में सबको पता चल गया कि यह बुद्धिमान आदमी इसी नगर का गंगू तेली है। दोनों में इतना प्यार बढ़ा कि भोज ने महल के पास ही उसके रहने के लिए भवन बनवा दिया।

राजा भोज और गंगू तेली नगर में साथ-साथ निकलते। उनको संग-संग देखकर नगर के लोग कहते, “कहां राजा भोज, कहां गंगू तेली। आज दोनों साथ-साथ रहते हैं।”

दौलत अन्धी होती है

एक बार दिल्ली में एक प्रसिद्ध गवैया आया। उस समय दिल्ली का बादशाह तैमूरलंग था। बादशाह का नाम तो तैमूर था, लेकिन उसके एक पैर में लंग था यानी लंगड़ाकर चलता था, इसीलिए लोग उसे तैमूरलंग कहते थे। जब बादशाह को उस गवैये के आने की ख़बर मिली, तो उसका कार्यक्रम रखा गया।

दरबार भरा हुआ था। उसमें दिल्ली के जाने-माने तथा सेठ-साहूकार लोग भी मौजूद थे। गवैये को संगत देने के लिए शाही संगीत वादक बुलवाए गए थे। पूरे दरबार में सबकी निगाहें उस गवैये पर टिकी हुई थीं। गवैये ने जब गाना शुरू किया, तो ख़ूब वाह-वाह हुई। सभी लोगों ने उसकी जमकर प्रशंसा की।

तैमूरलंग ने प्रसन्न होकर हुक्म दिया कि गवैये को उसके पास लाया जाए। गवैया अन्धा था, इसलिए एक व्यक्ति उसको लेकर बादशाह के पास पहुंचा। बादशाह ने अशर्फ़ियों से भरा हुआ एक थाल उसे देते

हुए कहा, "लो कलाकार मैं तुम्हारी गायकी से बहुत ख़ुश हुआ। यह छोटा-सा तोहफ़ा मंज़ूर करो।"

गवैये ने हाथ जोड़े और हाथों को आगे बढ़ाकर थाल ले लिया। बादशाह को इसका नाम जानने का मन हुआ। उसने पूछा, "तुम्हारा नाम क्या है?"

"जहांपनाह, मेरा नाम दौलत है।" गवैये ने हाथ जोड़ते हुए कहा।

नाम सुनते ही तैमूरलंग को कुछ मज़ाक़ सूझा। उसने गवैये से कहा, "दौलत भी अन्धी होती है क्या?"

गवैये को मालूम था कि तैमूरलंग लंगड़ाकर चलता है। यह ध्यान में रखते हुए तुरन्त उसने उत्तर दिया, "जहांपनाह, दौलत अन्धी होती है, तभी तो लंगड़े के यहां आई है।"

गवैये का उत्तर सुनकर दरबार में सन्नाटा छा गया। लोगों ने सोचा कि आज कुछ बुरा घटने वाला है, लेकिन ऐसा कुछ नहीं हुआ। बादशाह गवैये के बहादुरी से भरे उत्तर पर प्रसन्न हुआ तथा उस गवैये को और भी धन देने का हुक्म दिया।

आठ कन्नौजिया नौ चूल्हे

एक गांव में पं. गयाप्रसाद रहते थे। उनके पिता की तेरहवीं में ऐसा वातावरण था जैसे कोई शादी हो। बस ढोलक की गमक और गीतों की झड़ियां नहीं थीं। शान्त वातावरण था। सब-कुछ वैसा-का-वैसा ही था। बच्चे नए कपड़े पहने खेल रहे थे। लोग जगह-जगह बैठे बतिया रहे थे।

घर के सामने जाज़म बिछी थी। जाज़म पर मेहमान और गांव वाले बैठे थे। घर के लोग काम-काज में लगे हुए थे। पं. गयाप्रसाद और कुनबे के बड़े पुरुष सिर मुंडाए हुए थे और सिर पर साफ़े बांध रखे थे।

वहीं एक ओर पूरियां सेंकी जा रही थीं। सब्ज़ियां और रायता तैयार था। पत्तल और कुल्हड़ सब एक कोने में रखे हुए थे। घर के अन्दर तेरहवीं की श्राद्ध-पूजा हो चुकी थी। पूजा में आए ब्राह्मणों को दान दे दिया गया था, फिर भी उनमें आपस में चिक-चिक चल रही थी। उनसे खाना खाने को कहा जा रहा था। वे बने हुए भोजन को खाने को तैयार नहीं थे। ब्राह्मणों ने कहा कि हमें सब सामान दे दो। अपना भोजन हम

ख़ुद बनाएंगे। जितनी- जितनी वस्तुएं मांगी थीं, सब दे दीं, फिर भी वे आपस में लड़ रहे थे।

लड़ने वाले ब्राह्मणों में एक शुक्ल जी भी थे। वह बोल रहे थे कि हमारा अधिक रुतबा है। हम ऊंची ब्राह्मण जाति के हैं। अपने से निचले ब्राह्मण का बना भोजन नहीं कर सकते। इसी प्रकार त्रिपाठी, बाजपेयी, पांडेय, अवस्थी आदि सब अपने-अपने को ऊंचा ब्राह्मण और अन्य को नीचा बता रहे थे। सभी अपने को कन्नौजिया ब्राह्मण बताते थे। कोई भी किसी दूसरे का बना भोजन करने को तैयार नहीं था। पता चला कि ये बाजपेयी, पांडेय, तिवारी, अवस्थी आदि आठ गोत्र के ब्राह्मण थे, जो सभी अपने को कन्नौजिया बता रहे थे। आख़िर में तय हुआ कि सब अपना-अपना भोजन स्वयं बनाएंगे।

तेरह कन्नौजिया ब्राह्मणों में आठ तरह के ब्राह्मण थे। वहीं पड़ोस में एक मकान बन रहा था। वहां तमाम ईंटें रखी हुई थीं। पं. गयाप्रसाद ने चूल्हे बनाने के लिए ईंटें मंगवा लीं। खाना बनाते और खाते समय किसी दूसरे के छू लेने से अपवित्र न हों जाएं, इसलिए काफ़ी फ़ासला रखकर आठ चूल्हे बनाए गए। पं. गयाप्रसाद ने एक चूल्हा और बनवा दिया। इस तरह नौ चूल्हे तैयार हो गए। प्रत्येक चूल्हे के चारों ओर एक-एक चौकोर घेरा बनाया गया। इस घेरे के अन्दर रहते चूल्हा पवित्र था। कोई दूसरा ब्राह्मण दूसरे घेरे को छू नहीं सकता था। पांडेय, तिवारी, बाजपेयी, अवस्थी आदि सब ब्राह्मणों ने अपने-अपने चूल्हे के घेरे में जल छिड़ककर पवित्र किया। उस घेरे के अन्दर बैठकर सबने अपना-अपना भोजन बनाया। भोजन बनाने के लिए बर्तनों की व्यवस्था करा दी गई थी। वे अपने-अपने घेरे में बैठकर भोजन करने लगे।

एकत्रित हुई भीड़ यह सब तमाशा देखती रही। उसी भीड़ में एक बुज़ुर्ग खड़े थे। किसी लड़के ने उनसे पूछ लिया कि बाबा, यह क्या हो रहा है?

बुज़ुर्ग उसकी बात सुनकर मुस्कुराने लगे। उन्होंने हंसते हुए कहा, “बेटा यही तो है ‘आठ कन्नौजिया नौ चूल्हे’।”

कुछ लोग सुनकर हंसने लगे, लेकिन उस लड़के की समझ में कुछ नहीं आया।। उसी ने पूछा, “बाबा, मेरी समझ में कुछ नहीं आया।” वह बोले, “बेटा, ये सब कन्नौजिया ब्राह्मण हैं, लेकिन एक-दूसरे का बना नहीं खा सकते।”

फिर उस लड़के ने पूछा, “बाबा, यह चूल्हा ख़ाली क्यों पड़ा है।”

बाबा बोले, “इसीलिए तो नौ चूल्हे बनवाए गए हैं। यदि ग़लती से किसी का चूल्हा अशुद्ध हो जाए, तो वह इस नवें चूल्हे पर भोजन बना ले।”

अधजल गगरी छलकत जाय

गांव के बाहर एक सन्त की कुटिया थी। शाम को गांव के तमाम लोग सन्त के पास आकर बैठते और अपनी दुख-सुख की बातें कहते। सन्त गांव वालों को प्रवचन सुनाता। कभी ईश्वर के और कभी समाज के बारे में अच्छी-अच्छी बातें बताता। अच्छे-अच्छे भजन भी सुनाता। कभी तो लोगों को वह ऐसी बातें भी कह देता, जो बड़ी अटपटी लगतीं, लेकिन उसकी बातों में रहस्य छिपा होता। पूछने पर वह बड़ी मुश्किल से उन बातों का अर्थ बताते।

एक दिन शाम का समय था। धूप आधे पेड़ों तक चढ़ आई थी। कुटिया के पास ही एक कुआं था। गांव की महिलाएं पानी भरकर लौट रही थीं। उन महिलाओं में एक नवयौवना भी थी, जो बहुत धीरे-धीरे चल रही थी, फिर भी गागर का पानी छलककर बाहर गिर जाता था। कभी पानी छलककर उसके शरीर पर भी गिर जाता था। सन्त उस

नवयौवना को देखकर हल्के से मुस्कुराए और बोले, "अधजल गगरी छलकत जाए।"

सन्त के पास बैठ लोग सोच में पड़ गए। जिसकी गागर छलक रही थी, वह नवयौवना थी। उसे देखकर सन्त मुस्कुराए थे और गागर छलकने की बात कही थी। कुछ लोगों को यह बात बड़ी अटपटी लगी। किसी के कुछ भी पल्ले नहीं पड़ा। हिम्मत करके एक आदमी ने सन्त से पूछ लिया, "महाराज, आपकी बात समझ में नहीं आई। वह तो पागल बहू लगती है, जो गागर को ऊपर तक भरकर चल दी। पानी तो छलकेगा ही।"

सन्त उसकी बात सुनकर फिर हल्का-सा मुस्कुराए और बोले कि ऐसी बात नहीं है। गागर पूरी नहीं भरी थी। जल तो छलकेगा ही। अन्य महिलाओं की गागरें भरी थीं, इसीलिए इनसे जल नहीं छलका। सन्त की बात सुनकर लोगों को बड़ा अजीब-सा लगा कि भरी गागर छलकती क्यों नहीं। इस बात को सुनकर एक व्यक्ति ने पूछा, "महाराज, इसमें हंसने की क्या बात थी?"

उसकी बात सुनकर सन्त ने कहा, "तुम नहीं समझ सके। मैं कोई उस नवयुवती को देखकर थोड़े ही हंसा था।"

थोड़ी देर के लिए चुप्पी छाई रही। एक बुज़ुर्ग ने खड़े होकर पूछा, "महाराज, लोगों की शंका का समाधान तो करो। न जाने ये लोग क्या-क्या सोचते रहेंगे?"

बुज़ुर्ग की बात सुनकर सन्त ने कहा, "भक्तों मैं इसलिए मुस्कुराया था कि देखो, गागर पूरी जल से भरी होती है, तो छलकती नहीं। जो

गागर जल से आधा भरी हो, वही छलकती है। इसी प्रकार जो ज्ञान से अधूरा होता है, वह अधिक ज्ञान बघारता है और जिसे पूरा ज्ञान होता है, वह भरी गागर की तरह शान्त होता है, अपना ज्ञान बघारता नहीं।"

उल्टी गंगा पहाड़ चढ़ी

गंगा-स्नान का दिन था। काशी के पंडित सुबह-तड़के स्नान करने के लिए घाट पर पहुंचे। साधु-सन्त कोशिश करते थे कि भीड़ होने से पहले ही स्नान कर लिया जाए।

गंगा-स्नान के पहले उन्होंने एक नज़र गंगा के पानी में दौड़ाई। गंगा में खड़े रैदास स्नान करते दिखाई दिए। उसे देखकर पंडित बोले कि यह चमरा सबेरे-सबेरे स्नान करने आ गया। इसने तो गंगा का पानी ही मैला कर दिया। अब कैसे स्नान किया जाए? कुछ पंडित इतनी ज़ोर-ज़ोर से बोल रहे थे कि आवाज़ सन्नाटे को चीरती हुई रैदास तक पहुंच रही थी। वह अपने में मस्त होकर गंगा-स्नान कर रहे थे।

एक पंडित बोला, "अरे भाई, पूरी गंगा का पानी थोड़े ही मैला हुआ है। बहाव तो इधर से है। इधर से पानी बहकर उधर जा रहा है। रैदास से इस तरफ़ का पानी तो शुद्ध है और उस तरफ़ का पानी मैला है, क्योंकि रैदास के शरीर को छूकर पानी उधर ही बहकर जा रहा है।"

उस पंडित की यह बात मानकर सब लोग पानी में घुसकर नहाने लगे। उनके शरीरों को स्पर्श करता पानी रैदास की ओर जाने लगा। देखते-ही-देखते गंगा की धारा का बहाव बदल गया। पानी का बहाव रैदास की ओर से पंडितों की ओर हो गया। सभी पंडित अचरज में पड़ गए।

उनमें से एक ने कहा कि हम लोगों को भ्रम-सा हो गया है। रैदास दीख रहा है स्नान करते, इसीलिए ऐसा लगता है। थोड़ा और आगे चलकर स्नान करते हैं। पंडित लोग गंगा से निकलकर किनारे-किनारे चल दिए। कोसों पैदल चले, लेकिन सब जगह गंगा की धारा उल्टी ही बहती दिखाई दी।

फिर एक पंडित बोला कि यह तो बड़ी अजीब बात है। गंगा तो पहाड़ों से उतरकर आ रही है, लेकिन आज गंगा मैया उल्टी पहाड़ों की ओर बह रही है।

दूसरा पंडित बोला, "भैया, प्रभु की महिमा है। इसे कौन जाने कि कैसे 'उल्टी गंगा पहाड़ चढ़ी'।"

अपनी टेक निभाई, बालम की मूंछ मुंडाई

दो भाई थे। बड़े प्रेम से रहते थे, लेकिन जब छोटे भाई का भी विवाह हो गया, तो बड़े भाई की पत्नी अपने देवर और देवरानी से नफ़रत करने लगी। वह ख़ुद बैठी रहती और देवरानी से बर्तन मंजवाती, झाड़ू-पौंछा लगवाती। देवर से भी ऐसे ही कई काम करवाती। इतने पर भी उसे सन्तोष नहीं होता।

एक दिन लड़-झगड़कर देवर को अलग करवा दिया। जब छोटा भाई अलग हुआ, तो बड़े भाई ने कुछ धन लगाकर उसका काम-धन्धा शुरू करवा दिया। बड़े भाई का कारोबार अच्छा था और खेती भी थी। धन दिन-दूना रात-चौगुना बढ़ता जा रहा था। बड़े भाई की पत्नी अपने मायके ख़ूब धन, अन्न और अन्य सामान भिजवाती रहती। उसके भाई आते और सारा धन ले जाते। उसे पता ही नहीं चलता, क्योंकि वह अपने कारोबार में उलझा रहता। सुबह जाता और शाम को लौटता। पीठ-पीछे उसके साले आते और कुछ-न-कुछ ले जाते।

वह रोज़ाना की तरह जब घर से बाहर निकला, तो उसने पत्नी से कहा कि छोटा भाई आएगा, उसे यह सामान दे देना। उसने कुछ अनाज और कुछ दूसरा सामान अपने छोटे भाई के लिए निकालकर रख दिया था। जब वह चला गया, तो उसकी पत्नी ने चक्की के नीचे वाला पाट दरवाज़े के बाहर रख दिया। थोड़ी देर बाद उसका छोटा भाई आया और उसने दरवाज़ा खटकाया। जब भाभी ने किवाड़ खोले, तो उसने पूछा, "भैया हैं?"

भाभी ने तुरन्त कहा, "अभी-अभी उधर दौड़े चले गए हैं। कौआ चक्की का एक पाट अपनी चोंच में दबाकर उड़ गया है। यह देखो, नीचे का पाट यह पड़ा है।"

वह बेचारा चुपचाप उल्टे पांव वापस लौट गया। संयोग से लौटते समय रास्ते में भाई से मुलाक़ात हो गई। उसे ख़ाली हाथ आते देख आश्चर्य हुआ। और पूछा, "क्या सामान लेने घर नहीं गए थे?"

इस पर छोटे भाई ने चक्की के पाट वाली पूरी बात बता दी। बड़ा भाई हंसा और बोला, "तुम्हारी भाभी मक्कार है। चिन्ता मत करो। यह ले जाओ।" उसके पास कुछ पैसे थे। उसने देते हुए कहा कि और फिर दे देंगे।

एक दिन उसका साला घर आया हुआ था। वह हमेशा की तरह घर से निकला। उसके जाने के बाद पत्नी ने अपने भाई के लिए अनाज, चावल, दाल, जैसी तमाम चीज़ें बैलगाड़ी में भर दीं। इन्हीं चीज़ों में एक अशर्फ़ियों से भरा घड़ा भी रख दिया था। आज वह भाई को जल्दी विदा करने वाली थी। तभी उसका पति किसी काम से वापस

आ गया। उसने अपने दरवाज़े पर सामान से लदी एक बैलगाड़ी देखी। उस समय उसकी पत्नी और साला घर के अन्दर थे। उसने देखा कि गाड़ी में सामान के बीच एक घड़ा भी चमक रहा है। उसने घड़े का मुंह खोलकर देखा, तो अचरज में रह गया। घड़ा अशर्फ़ियों से भरा था।

उसने घड़े को और जगह छिपा दिया और अन्दर चला गया। साला जाने को तैयार खड़ा था, साथ ही उसकी पत्नी भी खड़ी थी। तीनों घर से बाहर निकल आए। बाहर निकले तो पत्नी की नज़र गाड़ी पर पड़ी। देखा, घड़ा ग़ायब था।

पत्नी घबरा गई और बोली, "इसमें एक घड़ा रखा था। मालूम नहीं कौन ले गया?"

पत्नी की बात सुनकर उसने कहा, "मैं उधर से आ रहा था, तो एक चील घड़ा पंजों में दबाए उड़ी चली जा रही थी।"

पत्नी को कुछ दाल में काला लगा। वह तुरन्त बोली, "भला चील कैसे इतने भारी घड़े को लेकर उड़ सकती है?"

उसने तुरन्त जवाब दिया, "जब कौआ चक्की का इतना भारी पाट लेकर उड़ सकता है, तो चील के लिए यह घड़ा क्या चीज़ है?"

इतना सुनते ही वह चुप हो गई और साला बैलगाड़ी लेकर चला गया। वह सब समझ गई। उसने मन-ही-मन तय किया कि एक दिन मैंने उसकी मूंछ न मुंडा दी, तो मेरा भी नाम नहीं। इस घटना के बाद भी अपने पति से छिपाकर वह अपने भाइयों को माल देती रही।

एक दिन जैसे ही वह घर पहुंचा, उसकी पत्नी रोने लगी। उसने रोने का कारण पूछा, तो बताया कि मेरे पिता नहीं रहे। यह सुनकर वह भी दुखी हुआ। पत्नी को ढारस बंधाया। उसने कहा कि चलो, ससुराल होकर आते हैं। पत्नी ने कहा कि तुम हो आना। मेरी तबीयत ठीक नहीं है। मैं फिर कभी चली चलूंगी। अगले दिन जैसे ही वह चलने

लगा, तो पत्नी ने कहा कि ऐसे ही जा रहे हो। मेरे यहां तो ससुराल में जमाई सिर-मूंछ मुंडाकर जाते हैं। आप भी सिर-मूंछ के बाल मुंडवाकर जाओ। उसने कहा कि मेरे यहां तो ऐसा नहीं होता। पत्नी ने फिर कहा कि मेरे यहां तो ऐसा ही होता है। जाना है, तो सिर-मूंछ मुंडाकर जाओ, नहीं तो रहने दो।

वह सोच में पड़ गया। जाऊं तो सिर-मूंछ मुंडवाऊं और न जाऊं तो अपनी पत्नी और सालों को नाराज़ करूं। आख़िर वह सिर-मूंछ मुंडाकर ससुराल चल दिया।

जब ससुराल पहुंचा, तो सालों ने पूछा कि जीजा जी, क्या बात हो गई? सिर-मूंछ क्यों मुंडा रखा है? ससुर भी वहीं खड़ा था। उसे देखकर वह तुरन्त समझ गया कि पत्नी ने उसके साथ मज़ाक़ किया है, फिर क्या था? उसने मन-ही-मन बदला लेने की सोची और चेहरा ग़मगीन बना लिया। देखते-ही-देखते वह रोने भी लगा। ससुराल में सभी लोग इकट्ठे हो गए और पूछने लगे कि क्या बात हो गई? उसने साले से लिपटते हुए कहा कि तुम्हारी बहन मर गई।

इतना कहना था कि ससुराल में रोना-धोना शुरू हो गया। कुछ देर बाद लोग-बाग शान्त हो गए। तब उसके साले ने पूछा कि क्या बात हो गई थी? बीमार होती तो कोई ख़बर मिलती।

वह बोला, “अचानक दौरा पड़ा और दो घंटे में ही ख़तम हो गई। आज क़रीब दस दिन हो गए हैं।”

सुबह जब वह चलने को हुआ, तो ससुराल वाले बोले, “दोपहर बाद चलना, हम लोग भी साथ चलेंगे।” वह रुक गया।

दोपहर बाद वह चला, तो ससुराल वाले भी चल दिए। वे साथ चलने लगे, तो वह बोला, "आप लोग सिर के बाल नहीं मुंडवाओगे क्या?"

ससुराल वाले चौंके। साला चौंका, "भला क्यों?"

उसने कहा, "हमारे यहां तो ऐसा ही होता है।"

ससुराल वालों ने कहा कि हमारे यहां ऐसा नहीं होता।

उसने फिर कहा, "देख लीजिए। हमारे यहां तो सिर मुंडाकर जाते हैं। यदि ऐसा नहीं करते, तो मरने वाले की आत्मा को शान्ति नहीं मिलती। यदि चलना है, तो सिर मुंडवाना ही पड़ेगा।"

वह नेक आदमी था, इसलिए गांव वालों ने दामाद की ज़िद को मान लिया। साथ चलने वाले आदमी और औरतों ने अपने-अपने सिर मुंडा लिए और उसके साथ चले गए।

जब वह ससुराल वालों के साथ अपने घर के दरवाज़े पर पहुंचा, तो किवाड़ खुले हुए थे। जैसे ही वह घुसा, उसे एक आवाज़ सुनाई दी। उसकी पत्नी चक्की चलाते हुए गीत गाती जा रही थी, मैंने अपनी टेक निभाई, बालम की मूंछ मुंडाई।

ससुराल वालों ने भी अपनी लड़की की आवाज़ सुनी। उसकी पहली पंक्ति ख़त्म होते ही उनमें से किसी ने कहा, "पीछे तो देख लुगाई, मुंडियन की पलटन आई।"

घर का जोगी जोगिया, आन गांव का सिद्ध

एक गांव में एक ब्राह्मण गोसाईं परिवार रहता था। उसमें तीन भाई थे। दो घर-गृहस्थी वाले थे। छोटे भाई का ब्याह नहीं हुआ था।

वह सीधा-सादा था। मां-बाप के मरने के बाद वह और भी अकेला हो गया था। उसके हिस्से के खेत और जायदाद दोनों भाइयों ने हड़प लिए थे। उसका मन भी भाई-भाभियों से मेल नहीं खाता था।

लोगों की सेवा करना ही उसका स्वभाव था। जो भी दुखी दिखाई देता, उसकी वह जी-जान से सेवा करता। उसके इस सेवा-भाव के कारण लोग उसे पागल कहते और अपना काम निकालते रहते। यह सब उसके घरवालों को बुरा लगता। मां-बाप के मरने के बाद धीरे-धीरे उसका मन घर वालों से उचटने लगा। काम करने में भी मन कम

लगता। इन्हीं सब कारणों से उसमें वैराग्य यानी दुनिया से दूर भागने की भावना पैदा हो गई थी।

गांव के पास ही एक आश्रम था। घूमते-घूमते वह एक दिन उसी आश्रम में जा पहुंचा। उसे वहां बहुत अच्छा लगा। वह आए दिन आश्रम में जाने लगा। धीरे-धीरे उसका मन योग-साधना में भी रम गया। आश्रम में अन्य योगियों के साथ रहकर वह योग-साधना सीखने लगा। कुछ वर्ष बाद वह सारे देश में घूमने के लिए निकला। जब घूमने के लिए जाता, तो तीन-तीन, चार-चार महीने बाद वापस लौटता। उसने अपने गांव के बाहर एक कुटिया बना ली थी। बाहर से जब भी आता, उसी कुटिया में रहता। वह कम बोलता और गांव में भी कभी-कभी ही जाता था।

कुछ दिनों बाद उसकी अच्छे योगियों में गिनती होने लगी। उसके पास बाहर से योगी और साधु-सन्त आते और उसकी कुटिया में एक-दो दिन रहकर चले जाते। गांव से बाहर उसका बहुत सम्मान होने लगा, लेकिन गांव वालों के लिए वह अब भी वही सीधा-सादा पागल गोसाईं ही था। अब उसके बचपन के साथी और बूढ़े-पुराने लोग उसका मज़ाक़ उड़ाते हुए उसे जोगिया कहकर पुकारते थे। वे आपस में बातें करते कि योगी-जोगी कुछ नहीं, ढोंगी है। शादी नहीं हुई, तो जोगी बन गया। यह सब दिखावे के लिए करता है। लोग यह भी कहते कि है तो अच्छा आदमी, दूसरों की मदद से कभी पीछे नहीं हटता। जब कभी वह आता दिखाई देता, तो लोग मज़ाक़ उड़ाते हुए कहते, “वह देखो, जोगिया आ रहा है।”

उस गांव में आए दिन भिक्षा के लिए साधु आया करते थे। उनमें ऐसे अधिक होते, जिन्होंने साधु भेस में भीख मांगने का धन्धा बनाया हुआ था। वे लोगों की परेशानियों को झाड़-फूंक से ठीक करने का भरोसा दिलाते और बदले में दाल, अनाज, पैसा आदि ले जाते। उन्हीं में से एक साधु इस गांव में नियम से आता था और चार-पांच दिन रुककर चला जाता था। गांव के लोग उसका बहुत आदर करते थे। दान-दक्षिणा भी देते थे।

एक दिन योगी जी गांव में किसी से मिलकर आ रहे थे। सामने गांव के दो-चार लोगों के साथ वह साधु आता दिखाई पड़ा। पास आते ही दोनों ओर के लोग रुक गए। साथ ही साधु के साथ आ रहे लोग भी रुक गए। उस साधु ने गांव के योगी के चरण छुए। योगी ने साधु को आशीर्वाद दिया। साधु के साथ खड़े गांव वाले यह दृश्य देखकर भौंचक रह गए, लेकिन उन्होंने योगी के चरण नहीं छुए। जो भी गांव का आता, साधु के चरण छूता जा रहा था। कुछ लोग चरण छूकर चलते बनते। कोई-कोई वहीं रुक जाता। यह सब देखकर वह साधु बड़ी गहरी सोच में डूब गया।

योगी चल दिया। उसके साथ-साथ वह साधु भी चल पड़ा। जैसे-जैसे वे बढ़ते गए, एक-एक करके गांव के लोग साथ छोड़ते गए। गांव के बाहर योगी की कुटिया तक आते-आते योगी के साथ साधु ही बचा रह गया था। थोड़ी देर वहां बैठने के बाद हाथ जोड़ते हुए साधु ने योगी से कहा, "योगीराज, आज मैं बड़ी सोच में पड़ गया हूं। मेरी समझ में कुछ भी नहीं आ रहा है। आप तो गांव के बाहर कुटिया बनाकर रह रहे हैं।" आगे कहते-कहते साधु रुक गया।

योगी साधु की बात को समझ तो गया, फिर भी साधु से पूछा, "हां, पूछो, झिझकने की कोई बात नहीं। जो मन में है, उसको बताओ।"

साधु ने कहा, "योगीराज, आप तो देश के श्रेष्ठ योगियों में हैं। सब जगह आपको जानते हैं। गांव वाले भी जानते ही होंगे। मैंने गांव वालों के सामने आपको आदर दिया, लेकिन गांव वालों ने मुझे तो मान दिया, आपको नहीं दिया। योगीराज ऐसा क्यों हुआ?"

साधु की बात सुनकर योगी मुस्कुराए और बोले, "घर का जोगी जोगिया, आन गांव का सिद्ध।"

यह सुनकर साधु चुप हो गया।

अभी दिल्ली दूर है

हज़रत निज़ामुद्दीन औलिया एक सूफ़ी सन्त थे। लोग उनका बहुत सम्मान करते थे। उनके यहां मिलने वालों का तांता लगा रहता था। दिल्ली में ग़यासपुर में इनका वास था। वहीं एक मस्जिद और दरगाह थी। सभी धर्मों के लोग उनके दर्शन करने और उनकी बातें सुनने जाया करते थे। वे हिन्दू सन्तों की तरह ही अल्लाह और ईश्वर को एक मानते थे और मानव की सेवा करना ही अल्लाह या ईश्वर से प्यार करना मानते थे।

उन्होंने दिल्ली के कई बादशाहों को बनते और बिगड़ते देखा था। बादशाह उनके ऊंचे नाम से जलते थे। शाही घराने से जुड़े मुल्ला-मौलवी हर समय औलिया को लेकर बादशाहों को भड़काते रहते थे। आख़िर में जाकर सभी बादशाहों ने हज़रत निज़ामुद्दीन औलिया का लोहा मान लिया था।

निज़ामुद्दीन औलिया लगभग 90 बरस के थे, उस समय दिल्ली का बादशाह ग़यासुद्दीन तुग़लक था। वह अपने ज़ुल्मों के लिए बदनाम था। जनता उसके डर से थर-थर कांपती थी। उसके बारे में कहा जाता था

कि उससे आंख मिलाने वालों को वह मौत के घाट उतार देता था। एक बार मुल्लाओं ने सोचा कि बादशाह ग़यासुद्दीन और औलिया का आमना-सामना कराया जाए। औलिया आंखें मिलाकर बातें करता है। बादशाह ज़रूर औलिया को फांसी दे देगा और हम लोगों का समाज में फिर से मान-सम्मान और दबदबा हो जाएगा।

उलेमाओं ने मिलकर हज़रत निज़ामुद्दीन औलिया के बारे में उल्टी-सीधी बातें तुग़लक से कहनी शुरू कर दीं। आख़िर एक दिन बादशाह ग़यासुद्दीन ने निज़ामुद्दीन औलिया को दरबार में हाज़िर होने के लिए फ़रमान भेजा और कहलवा भेजा कि हाज़िर न होने पर फांसी दे दी जाएगी। औलिया ने दरबार में पहुंचकर ग़यासुद्दीन तुग़लक से बातें कीं। आंखें मिलते ही ग़यासुद्दीन को अजीब-सा लगा और वह औलिया के लिए फांसी का हुक्म नहीं दे सका। औलिया दरबार से चले आए। ग़यासुद्दीन फिर औलिया की प्रसिद्धि से जलने लगा।

एक बार ग़यासुद्दीन तुग़लक ने औलिया के पास फ़रमान भेजा कि जंग में उनकी जीत के लिए अल्लाह से दुआ मांगें। औलिया जानते थे कि जंग जनता के लिए ठीक नहीं होती। इसलिए औलिया ने कहलवा भेजा कि ग़यासुद्दीन जंग जीतकर नहीं आएगा। यह सुनकर उसे बुरा लगा, लेकिन वह रुका नहीं और बंगाल जीतने के लिए चल दिया। बीमार होने के कारण वह वापस आ गया। कुछ समय बाद दोबारा जंग के लिए गया। अबकी बार उसने बंगाल जीत लिया और ख़ुशी प्रकट करते हुए उसने वहीं से निज़ामुद्दीन औलिया के लिए फ़रमान भेजा कि वह अपने चेलों सहित दिल्ली छोड़कर भाग जाए, नहीं तो चेलों सहित मार दिया जाएगा।

जब इस फ़रमान की ख़बर निज़ामुद्दीन औलिया के चेलों और चहेतों तक पहुंची, तो उनमें दुख की लहर दौड़ गई। चेले और चहेते निज़ामुद्दीन औलिया के पास गए और उन्हें ग़यासुद्दीन का फ़रमान सुनाया। उन्होंने कहा कि अभी दिल्ली दूर है। आप सब आराम से रहिए। औलिया पर सबको भरोसा था। कोई भी दिल्ली छोड़कर नहीं गया।

इधर जब दरबार में यह पता चला कि बादशाह ग़यासुद्दीन तुग़लक जीतकर आ रहे हैं, तो उसके शानदार स्वागत के लिए तैयारियां होने लगीं। दिल्ली की सीमा से ही बहुत बड़ा उत्सव मनाने के लिए तरह-तरह का निर्माण-कार्य शुरू हो गया। उस निर्माण में एक ऊंचा और शानदार दरवाज़ा बनाया गया, जिसमें से होकर बादशाह दिल्ली में प्रवेश करने वाला था।

बादशाह के स्वागत के लिए वह स्थान बहुत सुन्दर तरीक़े से सजाया गया। हाथियों और घोड़ों की क़तारें सजाई गईं। बादशाह के आने पर वहां स्वागत किया गया और उसके बाद वह दिल्ली के लिए चला। उस शानदार दरवाज़े के पास आते ही फाटक उसके ऊपर गिर गया और बादशाह ग़यासुद्दीन तुग़लक की वहीं पर तुरन्त मौत हो गई।

बादशाह के मरने की ख़बर पूरी दिल्ली में आग की तरह फैल गई। चारों ओर मातम छा गया। यह ख़बर हज़रत निज़ामुद्दीन औलिया के यहां भी पहुंची। उनके चेले और चहेते वहीं इकट्ठा हुए। उन्होंने चैन की सांस ली। औलिया के चेलों में से किसी एक ने कहा, "औलिया साहब ने ठीक ही कहा था कि – 'अभी दिल्ली दूर है।' यानी दिल्ली तक ग़यासुद्दीन तुग़लक आ ही नहीं पाएगा। अल्लाह ने वही किया।

घर का भेदी, लंका ढावे

लंका में जहां-तहां आग लगी थी। जगह-जगह से धुआं उठ रहा था। महल तथा नगर की ढेरों इमारतें टूटी और जली पड़ी थीं। चारों ओर सन्नाटा छाया हुआ था। लोग एक-एक कर खेतों और बस्तियों में इकट्ठे हो रहे थे। आपस में तरह-तरह की बातें कर रहे थे। जनता के सभी काम-काज ठप्प पड़े थे।

लंका का राजा रावण, मेघनाथ, कुम्भकरण सब मारे गए थे। लंका पर अयोध्या के राजा राम का अधिकार हो चुका था, लेकिन सब-कुछ शान्त नहीं हुआ था अब तक। हालात ठीक बनाने के लिए वहां के अधिकारी और कर्मचारियों का भारी-भरकम अमला लगा हुआ था। राज्य की ओर से नगर में जगह-जगह राहत-सामग्री पहुंचाई जा रही थी। आपस में भी लोग एक-दूसरे की सहायता कर रहे थे।

धीरे-धीरे नगर की हालत ठीक-ठाक होती गई। फ़ुरसत के समय जहां चार लोग इकट्ठे होते, लंका के विनाश की चर्चा होने लगती। कोई कहता कि हमारा राजा रावण बड़ा ज्ञानी और तपस्वी था।

ब्राह्मणों में सबसे ऊंचा था। दूसरा कहता कि इससे क्या होता है? उसने ऐसी ग़लती क्यों की, जिससे मरना पड़ा और सारी लंका तहस-नहस हो गई। तीसरा बोला कि यह कोई नई बात नहीं है। ताक़तवर लोग दूसरों की सम्पत्ति पर क़ब्ज़ा कर लेते थे। सम्पत्ति में रानियां भी होती थीं। उन्हीं में से एक ने कहा कि रावण राम को हराकर सीता को थोड़े ही लाया था, वह तो चुराकर लाया था। उन्हीं में से दूसरा बोला कि यह बात तो ठीक है।

इस प्रकार लोग लंका के विनाश के बारे में तरह-तरह के कारण बता रहे थे। सब यह भी स्वीकार कर रहे थे कि रावण को हराना

आसान नहीं था और उसकी ख़ुफ़िया शाखा बहुत मज़बूत थी। फिर वह हारा तो हारा कैसे? कोई जब किसी भी नतीजे पर नहीं पहुंचा, तो एक आदमी बोला, "भैया, घर का भेदी लंका ढावे।"

कुछ लोगों ने पूछा कि इसका क्या मतलब होता है?

उस आदमी ने कहा, "तुम जानते सब हो, पर अपने मुंह से कहना नहीं चाहते। तुम लोग डर रहे हो। भाई, अगर अपने राजा रावण का भाई विभीषण दुश्मन से मिलकर यहां की जानकारियां न देता, तो हम लोगों को यह दिन नहीं देखना पड़ता। विभीषण घर का भेदी था। उसने सारे राज़ बता दिए, जिससे रावण कमज़ोर पड़ गया और लंका ढह गई।"

कर तो डर, न कर तो भी डर

एक बार दो साधुओं में ईश्वर को लेकर बहस छिड़ गई। पहले साधु ने कहा कि ईश्वर सब जगह मौजूद है। सबके ऊपर निगाह रहती है। जो भी काम करो, उसी का ध्यान रखते हुए करो। दूसरा साधु बोला कि आदमी को अपने कर्मों से डरना चाहिए। आदमी सभी जीवों में श्रेष्ठ है, इसलिए उसे किसी से भी नहीं डरना चाहिए। जब कोई ग़लत काम किया ही नहीं, तो फिर डरना किस बात का?

पहला साधु फिर बोला कि पिछले जन्म के कर्मों को भी ध्यान में रखना चाहिए। उसका फल भी यहीं भोगना पड़ता है।

दूसरे साधु ने कहा, "ईश्वर तो दूसरों की मदद करता है। वह किसी का बुरा कर ही नहीं सकता।"

दोनों साधुओं में बहस चलती रही। पहले साधु ने देखा कि किसी

भी फ़ैसले पर नहीं पहुंचा जा रहा है, तो उसने निचोड़ में कहा, "कर तो डर, न कर तो भी डर।"

दूसरे साधु ने कहा, "मैं यह नहीं मानता।"

बात ख़त्म होते ही पहला साधु चला गया। दूसरा भी आंखें बन्द कर ध्यान में बैठ गया। उसी समय वहां से एक चोर हाथ में एक हार लिए भागता हुआ निकला जा रहा था। सिपाही उसका पीछा कर रहे थे। चोर ने अपनी जान बचाने के लिए उस हार को साधु के गले में डाल दिया और रफ़ूचक्कर हो गया। साधु ध्यान में डूबा था, इसलिए उसे कुछ पता ही नहीं चला।

चोर को ढूंढ़ते हुए सिपाही उधर से गुज़रे। वे साधु के गले में हार देखकर चौंक पड़े और उसे पकड़कर राजा के पास ले गए। साधु ने कहा कि मैं तो ध्यान में था। मुझे मालूम ही नहीं पड़ा कि कौन कब मेरे गले में हार डाल गया। राजा उसकी बात से सहमत नहीं हुआ और साधु को फांसी की सज़ा सुना दी।

जब सिपाही साधु को फांसी-घर लिए जा रहे थे, तो रास्ते में उसे वही, पहला साधु मिला। उसने दूसरे साधु से कहा, "मैंने कहा था न—कर तो डर, न कर तो भी डर, ईश्वर के कोप से डर।"

दूसरे साधु ने कहा, "यह मेरी बेध्यानी का नतीजा है।" और चल दिया।

वातावरण ही दोषी होता है

एक नगर में मेला लगा हुआ था। मेले में तरह-तरह की चीज़ें बिक रही थीं। खाने-पीने से लेकर घर-गृहस्थी के सामान तक। बच्चों के लिए तरह-तरह के खिलौने। मेले में भीड़ अधिक थी। उस नगर का राजा भी हाथी पर सवार होकर आया था। राजा के साथ उसका पुत्र भी बैठा हुआ था। सैनिक और कारिन्दे हाथी के आगे-पीछे चल रहे थे।

उसी मेले में एक बहेलिया तोते बेच रहा था। उसने एक लम्बे बांस के सिरे से एक दूसरा बांस बिजूका की तरह बांधा हुआ था। ऊपर वाले बांस पर दो तोते बैठे दिखाई दे रहे थे। राजा के लड़के की नज़र जब उन तोतों पर पड़ी, तो वह उनको लेने के लिए मचल उठा। राजा ने अपने कारिन्दे से एक तोता लाने के लिए कहा। वहां जाकर कारिन्दे ने बहेलिये से तोते की क़ीमत पूछी, तो बहेलिये ने कहा, “इस तोते की क़ीमत एक रुपया है और इस दूसरे तोते की क़ीमत पचास रुपए।”

उसके पास दो ही तोते बचे थे। कारिन्दा उलझन में पड़ गया कि

कौन-सा तोता ख़रीदे। वह राजा के पास गया और दोनों तोतों की क़ीमत अलग-अलग बताई, फिर बोला, "महाराज, कौन-सा तोता लाऊं?"

राजा भी अलग-अलग क़ीमत सुनकर उलझन में पड़ गया। थोड़ा सोचने के बाद उसने दोनों ही तोतों को ख़रीद लाने को कहा। कारिन्दा दोनों तोते ख़रीद लाया और दो डोरियों से एक छोटे डंडे पर बंधे तोते राजा के लड़के को पकड़ा दिए। घूमने-घामने के बाद राजा वापस लौट गया।

राजा ने तोतों के लिए दो पिंजड़े मंगवाए और उन्हें अलग-अलग पिंजड़े में रखवा दिया। महल के परिसर में रहने वाले एक कारिन्दे के पास दोनों पिंजड़े रहने दिए। शाम होते ही राजा सोचने लगा कि आख़िर इन तोतों में ऐसी कौन-सी ख़ूबियां हैं? तोतों की ख़ूबियां जानने के लिए उसकी जिज्ञासा बढ़ती गई। रात को उसने पहले एक रुपए वाला तोता अपने कमरे में मंगवाया और कुछ देर बाद वह सो गया।

सवेरे जब राजा की आंखें खुलीं तो तोते की आवाज़ कानों में सुनाई पड़ी। राजा का माथा ठनक गया। वह आंखें बन्द किए चुपचाप लेटा रहा और तोते के बोल सुनता रहा। तोता गालियां बके जा रहा था, "ओ कामचोर!...हरामी कहीं का!...अभी तक पड़ा-पड़ा सो रहा है, हरामख़ोर...!"

राजा को यह सब सुनकर बहुत ग़ुस्सा आया और उसने तोते को तुरन्त अपने कमरे से हटवा दिया। इस तरह की ग़ालियां राजा ने कभी नहीं सुनी थीं। दिन की शुरुआत ख़राब हो गई थी। उसका मन उखड़ा-उखड़ा-सा लग रहा था।

राजा का खाना खाने में भी मन नहीं लगा। वह उसी उलझन में दरबार चला गया। वहां भी मन को शान्ति नहीं मिली। अनमना-सा वह महल लौटा। सारा दिन ख़राब बीता, फिर भी किसी तरह उसने रात होते-होते अपने मन को संभाल लिया और सोचा कि दूसरे तोते को भी आज़माना चाहिए। अगला दिन जैसा होगा, देखा जाएगा। सोते समय राजा ने दूसरा तोता अपने सोने के कमरे में मंगवाया और सो गया।

सवेरे से पहले ही राजा की नींद खुल गई। आंखें खुलते ही तोते के बोल कानों में पड़े। तोते की बातें सुनकर राजा को बहुत अच्छा लगा। राजा आंखें बन्द किए लेटा रहा और तोते के बोल सुनता रहा। तोता बोल रहा था, "हे, राजन, उठिए! सवेरा होने को है। स्नान आदि करके सूर्य भगवान को नमस्कार करिए। आपका दिन मंगलमय हो। आप शान्त रहें..."

राजा ख़ुशी-ख़ुशी बिस्तर से उठा। उसका मन हल्का-हल्का था। उसने जल्दी से स्नान किया। भगवान की पूजा की। आज राजा को भोजन बहुत अच्छा लग रहा था। वह धीरे-धीरे चाव से खाना खा रहा था।

दरबार में भी राजा खुश रहा। महल लौटकर भी वह ख़ुश था। सब कुछ अच्छा-अच्छा लग रहा था। सारा दिन बहुत अच्छा गुज़रा। उस तोते को उसने अपने सोने के कमरे में ही रहने दिया।

पहले वाले तोते द्वारा किया गया अपमान राजा को अभी तक खटक रहा था। सुबह होते ही राजा ने पहले वाले तोते को मौत की सज़ा देने का फ़ैसला कर लिया। उसने एक कारिन्दे को आज्ञा दी कि तोते को जंगल में ले जाकर मार दिया जाए।

राजा का कारिन्दा हाथ में तोता पकड़े जंगल की ओर चल दिया। नगर से निकलकर वह जब जंगल की ओर जा रहा था, जो उसी रास्ते से एक साधु आ रहा था। जब दोनों पास आ गए, तो साधु ने उससे पूछा, "यह तोता ज़ोर-ज़ोर से चिल्ला रहा है। इसे कहां ले जा रहे हो?"

"राजा ने आज्ञा दी है कि जंगल में ले जाकर इसे मार दो। राजा ने इसे मृत्यु-दंड दिया है।" कारिन्दे ने उत्तर दिया।

"इसका दोष क्या है?" साधु ने पूछा।

कारिन्दे को मृत्यु-दंड का कारण पता नहीं था। इसलिए साधु ने तोते को नहीं मारने के लिए कहा, लेकिन कारिन्दे को राजा की आज्ञा का पालन हर हाल में करना था। इसलिए उसने तोते को मारने की ठान ली थी। तब साधु ने उससे कहा, "चलो, मैं राजा के पास चलता हूं। मैं उन्हें समझाऊंगा।"

साधु की इस बात पर कारिन्दा उसे साथ लेकर दरबार को चल दिया। राजा ने कारिन्दे के साथ साधु को आते देखा, तो कुछ समझ न सका। सिंहासन के पास पहुंचकर साधु ने राजा से पूछा, "राजन, इस तोते का क्या अपराध है, जिस कारण इसे मृत्यु-दंड दिया गया है?"

राजा ने दोनों तोतों के बारे में साधु को सब-कुछ बताया। साधु ने विनम्रता से कहा, "राजन, यह तोता जो गालियां बकता है, उसके लिए यह दोषी नहीं है। इसके लिए तो वातावरण दोषी है। जिस वातावरण में यह तोता रहा है, वैसा ही इसने सीखा है। यह खानाबदोश बस्ती में रहा हैं, वहां लोग शराब पीते हैं, जुआ खेलते हैं और इसी तरह की गालियां बकते हैं। जो इसने वहां सुना, उसी को बोलना सीख लिया।

रही दूसरे तोते की बात, तो वह आश्रम के वातावरण में पला हुआ है। उसने जो आश्रम में देखा-सुना वही बोलता है। यदि आश्रम वाला तोता खानाबदोश बस्ती में रहता, तो वह भी इस तोते की तरह गालियां बकता। और यदि यह तोता आश्रम में पलता तो अच्छी-अच्छी बातें करता। इसमें तोते का कोई दोष नहीं। अतः राजन, वातावरण दोषी होता है।”

राजा की समझ में साधु की बात आ गई। उसने हाथ जोड़ते हुए साधु से कहा, “स्वामी जी, आपकी कृपा से आज मैं एक निर्दोष की हत्या का दोषी होने से बच गया।”

गांठ की चादर भी गई

एक चोर चोरी करने में बहुत होशियार था। वह हमेशा अकेले ही चोरी करने जाया करता था। अधिकतर दूसरे गांवों में चोरी किया करता था। जब बाहर चोरी का हिसाब नहीं बन पाता था तो अपने गांव में ही चोरी कर लेता था और बड़ी चालाकी से बचता रहता था। अभी तक पकड़ा ही नहीं गया था।

एक दिन रात का क़रीब एक बजा था। वह उठा और चादर ओढ़कर बाहर निकल आया। गांव से बाहर आकर खेतों की पगडंडियों पर चलने लगा। चलते-चलते एक गांव में पहुंचा। उसने एक मकान देखा, जिसकी दीवारें नीची थीं। वह दीवार पर चढ़कर आंगन में पहुंच गया। फिर कमरे में पहुंचा। उसे गहने-रुपए तो मिले नहीं कुछ और सामान ढूंढ़ने लगा, लेकिन चोरी के लिए कोई सामान समझ में नहीं आया। अन्त में उसने एक कुठला देखा। कुठले के मुंह पर पत्थर रखा हुआ था। पत्थर हटाकर देखा, तो उसमें गेहूं भरे थे। बहुत दिनों से उसने गेहूं की रोटी नहीं खाई थी। इसलिए गेहूं चुराकर ले जाने का मन बना लिया।

रात अंधेरी थी। वह आंगन में आया अपने शरीर पर ओढ़ी हुई चादर उतारी और नीचे बिछा दी, फिर गेहूं लाने के लिए अन्दर चला गया। इसी बीच एक हल्की-सी आहट हुई और मकान मालिक जाग गया। उसने आंखें मिच-मिचाकर देखा कि आंगन में सफ़ेद-सा कुछ बिछा हुआ है। वह उठा और दबे पांव वहां पहुंच गया। वहां चादर बिछी हुई थी। उसे समझते देर नहीं लगी। वह सीधा अन्दर गया और एक कटोरे में आटा लेकर लौटा। उसने चादर के चारों ओर आटे की लकीर बनाई और चादर उठा ली। लकीरों के भीतर का भाग आटा भुरकाकर भर दिया। इस प्रकार आटे की चादर बनाकर फिर अपनी चारपाई पर लेट गया।

उधर चोर एक कटोरे की सहायता से वहीं पड़ी ख़ाली टोकरी में कुठले से गेहूं निकाल-निकालकर डालता रहा। जब टोकरी भर जाती, तो उसे उठाकर उस चमकती हुई चादर पर पलट आता। उसने वहां कई टोकरियां डालकर गेहूं का ढेर लगा दिया। उसने गेहूं की गठरी बांधने के लिए चादर के छोरों को पकड़ने की कोशिश की। बहुत करने पर भी कुछ हाथ नहीं आया। तब उसने झुककर ध्यान से देखा कि चादर की जगह वहां आटा भुरका हुआ है। वह बहुत दुखी हुआ।

चोर बड़े दुखी मन से लड़खड़ाया, "एक तो कुछ नहीं मिला, ऊपर से गांठ की चादर भी गई। वह निराश होकर धीरे से बाहर चल दिया।

पूरे के लालच में आधी भी गई

एक गांव में एक कुत्ता था। वह गांव के बाहर लेटा रहता। जब उसे भूख लगती, तो वह गांव में चला आता। गांव में और भी कुत्ते थे। इसलिए वहां घूमते समय उन कुत्तों से लड़ना पड़ता। कभी-कभी वह खेतों की ओर चला जाता दोपहर के समय किसान खाना खाते, तो उसको भी थोड़ा-बहुत मिल जाता।

एक दिन वह गांव में गया, तो कुत्तों से झगड़े के कारण बिना रोटी खाए वापस आना पड़ा। थोड़ी देर बैठा-बैठा वह पूंछ हिलाता और इधर-उधर देखता रहा। अचानक उठकर खेतों की ओर चल दिया। किसानों के भोजन का समय हो गया था। खलिहानों में बैठकर किसान खाना खा रहे थे। वह इधर-उधर देखता हुआ जा रहा था। उसने कुछ सोचा, और रामू के खलिहान की ओर मुड़ गया। हालांकि खलिहान में रामू का अपना पालतू कुत्ता भी रहता था, फिर भी आधी-एक रोटी उसको मिल ही जाती थी। रामू का कुत्ता गुर्राता, तो वह उसे डपट देता। इस प्रकार वह कुत्ता रोटी खाता और चला आता।

हमेशा की तरह रामू ने आज भी उसकी ओर आधी रोटी फेंकी, तो उसका कुत्ता गुर्राया, लेकिन न जाने क्यों दोनों में गुत्थम-गुत्था हो गई। जब रामू ने खड़े होकर अपने कुत्ते को ज़ोर से डांटा, तो वह रुक गया। दूसरे को मौक़ा मिलते ही वह आधी रोटी लेकर भाग आया।

वह आधी रोटी मुंह में दबाए हांफता हुआ पगडंडी पर चला जा रहा था। यह भी सोच रहा था कि आज का दिन मनहूस निकला। चलते-चलते वह नहर की पुलिया पर आ गया। वह इधर-उधर देख रहा था कि कहां बैठकर रोटी आराम से खाई जा सकती है। नहर पूरी तरह से चढ़ी हुई थी। उसके साथ-साथ पानी में उसकी छाया भी चलती जा रही थी। अचानक उसकी नज़र अपनी छाया पर पड़ी। वह एकदम रुक गया। अपनी छाया देखकर उसने सोचा कि यह कोई दूसरा कुत्ता है, जो अपने मुंह में पूरी रोटी लिए मेरे साथ-साथ चल रहा है।

कुत्ते को लालच आ गया और अपनी छाया पर ग़ुर्राने लगा। उसको लगा कि दूसरा भी ग़ुर्रा रहा है। वह यह भूल ही गया कि उसके मुंह में आधी रोटी है। भौंकते ही उसके मुंह की आधी रोटी नहर के पानी में गिर गई। वह भौंकता ही रहा। थोड़ी देर बाद उसने देखा कि नहर में दीख रहे कुत्ते के मुंह में अब कुछ भी नहीं है। वह अचरज में डूब गया। उसने सोचा कि उसके मुंह में तो आधी रोटी थी, वह कहां गई? अभी उसने खाई भी नहीं। वह धरती को सूंघते हुए इधर-उधर देखता रहा और हताश होकर गर्दन नीची किए धीरे-धीरे चल दिया।

नहर के उस पार खड़ा एक किसान कुत्ते की मूर्खता पर हंस रहा था। उसके मुंह से निकला, "पूरे के लालच में आधी भी गई।"

जीवित दिया न कौरा, मरे खवाए चौरा

एक गांव में एक आदमी था। वैसे तो वह ग़रीब था, लेकिन घर का गुज़ारा ठीक से चल रहा था। पिता का बनवाया हुआ मकान था और उनका ही धन्धा था। पिता बूढ़ा होने के कारण अब धन्धे पर नहीं जाता था, फिर भी थोड़ा-बहुत सहारा देने के लिए हमेशा तैयार रहता था।

वह लगभग हर साल देवी के पूजन के लिए यात्रा करता था। कभी करौली देवी की यात्रा के लिए राजस्थान जाता, तो कभी वैष्णो देवी की यात्रा पर चला जाता। बच्चे का मुंडन संस्कार होता, जो हरिद्वार जाता। वह जाहरपीर, नगरकोट, नगरसेन जैसे तमाम देवी-देवताओं की पूजा करता रहा। इन सबके लिए लोगों से पैसा ब्याज पर लेता और क़र्ज़ा वर्षों तक उतारता रहता। देवी दर्शन से लौटने पर वह चौकी बैठाता, जागरण कराता। आठ-दस लोग जागरण के लिए बाहर से बुलवाए जाते।

कुछ दिन बाद उसका पिता बहुत कमज़ोर हो गया। उनसे चला-फिरा भी नहीं जाता था। ऐसी स्थिति में पिता ने काम पर जाना बिल्कुल बन्द कर दिया। वह दरवाज़े पर ही बैठा रहता। वहीं पर थोड़ी-बहुत चहलक़दमी कर लेता। जाड़े के दिनों में सर्दी लग जाती, तो खांसी हो जाती और कफ़ आने लगता। जब लड़के से दवा लाने के लिए कहता, तो वह कतराकर निकल जाता। वह और उसकी बहू, दोनों ही उससे उल्टी-सीधी बातें कहते रहते और हिक़ारत से देखा करते। बहू कहती, "मरता भी तो नहीं। बैठा-बैठा खों-खों करता रहता है।" जब वह किसी खाने की वस्तु को मंगवाने के लिए कहता, तो उससे कुछ-न-कुछ ज़रूर कहते। पानी भी देते, तो कहते, "अब उठकर पानी भी नहीं लिया जाता। पानी भी इनको हाथ में लाकर दो। जैसे और काम तो रहे नहीं हम लोगों को।"

बेटे की बातें सुन-सुनकर उसके आंसू छलछला आते। वह छोटी-छोटी चीज़ों के लिए उनकी ओर टुकुर-टुकुर देखता रहता। उसकी नज़र जब पिता की छलछलाई आंखों पर पड़ती, तो वह कह उठता, “कोई मर गया है, जो आंसू बहा रहे हो या बस्ती वालों को दिखा रहे हो कि मेरा लड़का कुछ भी देखभाल नहीं करता।” जब कभी वह ग़ुस्से में होता तो अपने पिता को गालियां भी सुना देता। वह ज़ोर-ज़ोर से चिल्लाता। उस दिन बस्ती के तमाम लोग अपने-अपने दरवाज़े पर खड़े होकर यह सब तमाशा देखते।

एक दिन पिता बहुत बीमार पड़ गए। देखभाल ठीक से न होने के कारण तबीयत बिगड़ती चली गई। एक दिन उनकी मृत्यु हो गई। दोनों ने थोड़ी देर के लिए आंसू बहाए, फिर शान्त हो गए। पुरसे के लिए आने वाले लोगों से वे कहते, “बहुत इलाज कराया, लेकिन कोई दवा लगी ही नहीं। चल बसे। इतना ही जीवन था उनका।” लोग उनकी बातों को समझते तो सब थे, लेकिन हां-में-हां मिलाते, थोड़ी देर बैठते और चले जाते।

श्राद्ध के दिन थे। पिता को मरे हुए तीसरा साल हुआ था। पिछले दो वर्ष की तरह इस वर्ष भी देसी घी में पूरियां बनाई गई थीं। गर्म-गर्म पूरियों को तोड़कर टुकड़े बना लिए गए थे और टुकड़ों को हथेलियों से मींजकर बारीक़ कर लिया, फिर उसमें दही और चीनी मिलाकर मलीदा बना लिया था। तोरई के हरे पत्ते और थाली में रखा मलीदा लेकर वह छत पर चढ़ गया। वहां मुंडेर पर तोरई के पत्ते पंक्ति में रखकर उनमें मलीदा रखा और अपने पिता को अर्पित कर दिया। थोड़ी देर में कौवे आ गए और मलीदा खाने लगे।

जब वह अपने पिता को श्राद्ध चढ़ा रहा था, तब गली में खड़े सभी लोग देख रहे थे। खिलावन कह रहा था, “देखो तो, कैसे देसी घी का मलीदा अपने मरे बाप को खिला रहा है! तेरहवीं में भी पंचमेल मिठाइयां खिलाई थीं।”

बिरादरी को बीच में टोकता हुआ धनीराम बोला, “क्या खिला रहा है? जब जीवित था, तब कुछ नहीं खिलाया। छोटी-से-छोटी चीज़ मांगने पर बाप को झिड़क देता था। न इलाज ही ढंग से कराया था और न अच्छी तरह देखभाल ही की थी।

भीड़ में एक बुज़ुर्ग खड़ा सबकी बातें सुन रहा था। वह बोला, “जीवित दिए न कौरा, मरे खवाए चौरा।” बेटा, तुम भी यही करोगे बड़े होकर।”

सब लोग उस बुज़ुर्ग की ओर देखते रह गए।

बनिये का बेटा गिरा है, कुछ लेकर उठेगा

एक बनिया और उसका बेटा बाज़ार गया। वह घी की मंडी में पहुंचा, तब उसे याद आया कि घी के लिए बर्तन लाना तो भूल ही गया। फिर सोचा, चलो, बाज़ार चलकर ही कुछ सोचते हैं। वहां गांव के लोग मटकियों में घी लेकर बैठे हुए थे। साथ ही लाला तराजू-बाट लिए बैठा था, जो अपना घी तो बेचता ही था, दूसरे मटकी वालों का घी भी तोल देता था। मटकी वालों से तुलाई के बदले लाला को कुछ पैसे मिल जाते थे। जिनका घी बिक चुका था, वे भी अपनी ख़ाली मटकी लिए बैठे थे। बनिये ने कुछ पैसे देकर एक ख़ाली मटकी ख़रीद ली और घी ख़रीदकर मटकी में भरवा लिया। बाप-बेटे दोनों मटकी लेकर वापस चल दिए।

बनिये का लड़का सिर पर घी की मटकी रखे भीड़ से बचते-बचाते चल रहा था। लड़के के बराबर ही बनिया चला जा रहा था। मुख्य

बाज़ार निकल जाने के बाद बनिये ने सड़क पर कुछ चमकता हुआ देखा। लड़के ने भी उस चमकती हुई चीज़ को देख लिया था। अब दोनों ने एक-दूसरे को देखा। बनिया बोला, "देखता क्या है, टूट जाने दे मटकी को।"

बस, इतना कहना था कि बनिये का लड़का गिर पड़ा। मटकी फूट गई और घी दूर-दूर तक बिखर गया। कुछ लोग उठाने के लिए दौड़े। बनिये ने सबको रोकते हुए कहा, "रहने दो, अपने आप उठ जाएगा।"

लड़का आराम से उठा। उसने कपड़े झाड़े, फिर मुट्ठी खोली – उसमें सोने की अशर्फ़ी थी। सब लोग देखकर आश्चर्य में रह गए। देखने वालों में से एक ने कहा कि उसके हाथ में तो अशर्फ़ी है।"

उसकी बात सुनते ही बनिये ने कहा, "भई, बनिये का बेटा गिरा है, कुछ लेकर ही उठेगा।"

सब लोगों ने यह सोचते राह पकड़ी कि यह तो लड़के का बाप है। सब लोग धीरे-धीरे चल दिए। बनिया और उसका लड़का भी अपनी राह पर चल दिए।

•••